まるまる

たくさんのあしあと

文芸社

目次

たくさんのあしあと

二度目の手術

体が固まっているのか腰が重く、体を動かそうとすると痛みが走る。口には酸素マスクがつけられていて声が出にくい。

ここはどこだろうか。

夫が一瞬いたような気もする。

気づくと私は病院のベッドに寝ていた。四人部屋だったな。昨日から入院していたのを思い出した。静かだが、人の動きが見える。

「目が覚めましたね。呼吸がまだ安定されていないので、もう少しマスクをつけておきますね。コロナの影響で、手術後のお顔をご主人に見ていただいてから帰っていただきました」

ああそうか。私は今日手術だったんだ。手術は長かったような、あっという間だったような、時間の感覚がわからない。右腕に点滴をされていたので、看護師さんにお願いして左側に携帯電話を置いてもらい、それを左手で持ち、右の指で打つのがやっとのこと。同じ病で二度の手術。病名は乳がん。がんは二人に一人(国立がん研究所による二〇一九年集計)が罹るといわれており、その一人になってしまった。なぜ二度目の手術かというと……。

「手術終わりましたね。気分悪くないですか」

主治医である。今日は声が出にくいので頷くだけだった。先生は手術した所を触り、看護師さんに何か言ってから、ゆっくり休んで下さいと、笑顔で去っていかれた。

その姿を見て、ぶつけどころのない怒りがこみ上げてきた。

今思えば、一度目の時に全摘出する希望を通しておけばよかった。手術は三月で、春休みなので学校も休みだったし余計な心配をすることもなく安心だった。あれだけMRIなど細かく見てもらっても、ミリ単位の小さい腫瘍だし、広がりもないのに全摘出なんてしなくて大丈夫と、医師に苦笑いされるくらいだった。

夫も、

「先生がそこまで言うのだから大丈夫だろうし、医師を信じよう」

とは言うものの、同意書に書かれた「術後の細胞検査によっては、再手術の可能性もある」という一文に、改めて全摘出したほうがいいのではないかと聞いてみた。しかし、「大丈夫です」という言葉しか返ってこなかったので、そこまで言われるなら、私も女性だから胸を残そうと、医師の腕を信じた。ところが、い

ざ手術後の検査結果を聞いて何も言えなくなった。医師は困ったような顔で、

「僕も予想外でした。ＭＲＩにも映っていなかったので、大丈夫だと思っていたのですが、見えないところに腫瘍があって、乳管を通って広がっていました。再手術を行わないといけないのですが、何か月も待てないので、五月中にお願いします。ご主人も連れてきて下さい」

と言われ、連休は入れてもらえず、連休明けの手術となった。子供たちの学校と重なることは避けたかったのに、自分の勘を信じ通せばよかった。悔しさがこみ上げ、私は思わず先生を見つめた。いや、半分睨んでいたかもしれないが、医師は、

「稀なケースでした。早期発見で良かった。ＭＲＩでも完璧に見つけられるわけではありませんから」

と、淡々と話された。その態度に一瞬、ムッとしたが、命に代わるものはない。

私はサインをするしかなかった。

三月の手術の時は、慣れた麻酔医と看護師さんだったので、点滴も上手く入れてもらえたが、五月の手術は、医師を目指す学生たちも数人いて、麻酔医もわからなくなり、誰が点滴をするのかと不安になったが、そばにいた看護師さんが説明して下さって落ちついたが、点滴の針が入りにくいようで、周りは焦っていた。私は痛いながらも「次こそは入る、頑張って下さい」と応援していた。とうとう学生を指導しているであろう医師も出てきたが、なかなか針が入らないまま時間が過ぎ、執刀医の存在に焦ったのか、ついにマスクを当てての麻酔になってしまった。

「あまりに痛い思いをさせてしまっているので、麻酔が効いている間に点滴をさせていただきます。申し訳ありません。マスクから薬が出てきます。安心して吸って下さい。においがすると思いますが、我慢して下さい」

と説明され、仕方ないと思った時に麻酔薬が出てきた。すごいにおいに、思わずマスクを外そうとした。これから胸がなくなるのに、さらに苦しまなければならないことに涙ぐんだ私を、看護師さんは肩をさすって励まして下さった。その励ましもあって、落ちついて吸うと、知らない間に寝てしまった。

目が覚めると、夜勤の看護師さんが挨拶に来られた。麻酔から覚めてまたひと眠りしていたらしい。ぼんやりしている私を見て、

「手術お疲れ様でした。大変でしたね」

と言われ、手術室でのやりとりかと私は恥ずかしくなった。血の気のない私の手を見て、

「よく頑張られましたね。点滴が入りにくかったのに、辛抱されていたと聞きました」

と優しく言われ、私は思わず涙が出た。思えばコロナ禍での入院、手術は難しいと聞く。早く手術していただけたのだから、それだけでもありがたいことなのだ。血の気のない手を見た時、点滴が少しずれていると気づいた看護師さんが刺し直して下さった。その上手いこと！　手術前の点滴は病棟の看護師さんにしていただきたいと思ったけれど、担当する診療科が違うために難しいのかもしれない。五月の入院時は緊張もなく、看護師さんにも質問したり、おしゃべりしたり話をすることができるようになった。

主治医からの伝言ですと言って、左胸の近くにくっついている管と、ベッドサイドにつけられている牛乳パックのような入れ物の説明をしてくださった。パックの中に血液や膿が入るしくみになっており、それらが出なくなったら管を外せるそうだ。管が外れたら退院できるとのことだった。

点滴は目眩《めまい》などがなければ外せるのだが、管はしばらくの間はおつき合いだ。

一人になった時にふと左胸に手を当ててみると、板のように固い。一気に現実に引き戻された気がしたが、不思議と悲しみはなかった。なぜだろう。命と引きかえになくなった左胸は、いろんなことを教えてくれるだろうと思ったのが一つ、そして、私が二人の子供に恵まれた四十代だからかな、とも感じた。もっと若ければ、ただ悲しかったり、これから子供を産めるのだろうかと、もっと不安がついて回ったりしていたと思うのだ。

そんなことを考えつつ、ふとスマートフォンを見ると、娘から通話アプリにメッセージが届いていた。手術は無事終わったから大丈夫と送ると、安心したと返信がきた。心配してくれている人がいる私は、恵まれていると思った。明日には点滴も外れるだろうし、今日はこのまま寝よう。

幸い、点滴は翌日に外してもらえた。強い体に感謝しつつ、まず病室の外に出て歩いた。コロナ禍では病棟の外へ出ることはできず、忘れ物を届けてもらった時も家族に会うことはできなかった。病棟の中でのみ動けたので、お茶を入れに行ったり、持参した数冊の本を何度も読み返し、自分の思いをノートに書いたりした。今までの生活で忘れていたものを見つめ直し、反省したり、感謝することがたくさんあると、改めて知った。病気になったことで多くの気づきがあるとよく言われるが、逆に言えば、病気にでもならなければ立ち止まれない程に余裕がなかったと言えるだろう。家族とのやりとりがかみ合わなかったり、私の関わり方が間違っているから一度止まりなさいという、神様からの警告だったのかもしれない。予想外の入院は、今までの自分自身を振り返るのに必要な機会となったが、私の体が犠牲になったのだから、手術はもう懲りごりである。

入院中は四人部屋で、同室の方はさまざまな病気で入院されている。各科の先生が具合の確認に来られるので、それぞれの患者が体のどこが悪かったのかが何となくわかる。手術後に咳が出て呻《うめ》いても、誰も何も言わない。みんな具合が悪いのだから仕方ないと割り切っている。カーテン越しでの様子も顔もわかりづらいが、とても印象に残る人がおられた。

その方は声の感じから、私より若いか、同じぐらいの年代と思われた。その方には三つの診療科の先生が来られ、手術前の検査の説明や、酸素ボンベの話などが聞こえてきた。何となくだが、一時帰宅すらできていないようだった。コロナの影響は大きいと痛感する。家族の面会も許されないのだろう。長い間、病室の中で静かに闘っておられる様子だった。どんなにつらい思いをされているのかと思うと、私の入院など小さいものだ。時々苦しそうにすすり泣きされるのを聞くと胸が痛む。先に退院をする人の中には、その人を励ます方もおられ、感動した。

私もその方のことがとても気になったので、あつかましくもお一人の時にそっとお手紙をお渡ししたところ、翌日にその方がお返事を下さった。退院が近づく私へのお祝いと、心遣いへの感謝、そして退院していく人々の存在に、「次は自分の番だ。一日過ぎると、退院も近づく」と励まされると書かれていて、その姿に、とても心の強い方だと感動した。その方が全ての治療が終了し、一日でも早く青い空が見られますようにと、心の中で祈った。今も思い出しては心が温かくなる。

子供たちのあしあと

病棟は常に忙しそうだ。いろんな症状の方々の訴えに対し、看護師さんは優し

く話を聞き、笑顔で答えてくださる。入院中、

「今日は看護の日なのでちょっとしたものをお渡ししています。ありがとうございます」

と、ウエットティッシュを配っていただいた。私の方がお礼を言いたいくらいで、手を合わせてから、いただいた。二人の娘、長女の美香か、次女の理瑚が、看護師になってくれたらいいなとは思うが、美香は血を見ると倒れるし、理瑚はパニックを起こすので無理な話だろうな。

そう言えば、理瑚も手術を経験している。右手のばね指が幼稚園に行き始めても治らなかったので、小学校に行くまでには治しておいた方がいいだろうと、手術のために一泊だけ入院した。指とはいえ、子供は全身麻酔の手術となり、絶食だった。朝から水も飲めず大変だったと思うし、初めてのことだらけで怖かったと思うが、よく頑張ってくれた。母親が付き添っていても、手術の時は一人なの

だ。アンパンマンのビデオを見ながら看護師さんと手術室に向かう姿に頼もしさを感じた。そんな感動をしたのもつかの間、麻酔から覚めかけて、手術後の血液採取の時には足からしかできず、しかもそれが上手くいかず痛みと怖さを感じたのだろう。何とか採取できたし、私が、

「理瑚がとても強くて感動した」

と言うと嬉しそうにしていたが、トラウマになったようだ。注射と聞くとパニックを起こして逃げ出すようになった。予防接種など必要な時は困るが、大人になれば大丈夫になるかなと期待している。一方、美香は理瑚が手術した時は夫の実家に一人でお泊まりだった。夫の実家で一泊した彼女は、少し成長したように見えた。美香は、理瑚が私のお腹の中にいた時、切迫早産で緊急入院することになった二か月間程預かっていただいたことがある。義父はよくメールで写真を送ってくださり、ありがたかった。義母はその頃を振り返り、

「あの時はまた育児をさせてもらったわ。お母さんと急に離れたから、初めは大変だったけど良い思い出よ。今はいろいろ手伝ってくれて頼もしいわ」

と、嬉しそうに話してくださった。

「おばあちゃんとケーキを作ったの。理瑚の退院祝いに」

と、笑顔でケーキを見せてくれた。妹のために作ってくれたことが私は嬉しかった。美味しくいただいたその横で、やはり淋しかったのだろう、暫くは私のそばを離れずにくっついていたのを思い出す。美香にその話を最近したが、嘘でしょと笑われた。

そう、美香はいろんなことに我慢強かった。私たち夫婦にとって一人目の子供ということもあり、親としてつい厳しくしてしまったのかもしれない。美香は甘えたらいけないと思ったのだろう。学校でつらいことがあっても弱音を吐かなかった。もともと繊細な傾向があり、人の顔色を見たり思いを汲んで日々を過ごしていたのがたたったのか、突然倒れた。

それは美香が小学四年生の時のこと。ケーキ作りが好きで、どこかの教室でお菓子作りをしたいと言うので、私が昔行っていた料理教室に申し込み、美香は大人のコースに、理瑚はキッズコースに参加した。美香が大人だらけのコースで質問などできるのか、ついていけるのかと心配したが、本人は平気だったようで、先生が丁寧に教えてくれるし、他の大人たちも優しいから大丈夫と話していた。

そんなある日のこと、料理教室から電話がかかってきた。もうケーキが完成したのかと思いながら電話を受けると、

「レッスン中に倒れて意識がありません。急いで来てください。妹さんもレッスンが終わりましたので」

とのことだった。

いつもと変わらず、体調不良もなかったのにと訳がわからないまま駆けつける

と、美香の顔は青白く、何も話せないようだった。代わりに、普段はあまり喋らない理瑚が、姉の倒れた時のことを詳しく報告してくれたので、救急隊員に情報が伝わりやすかった。美香は隊員の問いかけにかすかに頷くだけだったので、意識が戻っているかがわからないとの判断で、近隣の病院へ搬送された。

美香は小さい頃から救急車のサイレンをすごく怖がっていた。しかし、今は救急車に乗り、まともに音を聞くことになってしまったが、この時を機に、救急車の音も気にならなくなっただけでなく、あの時の私のように大切なお仕事だと言うまでになった。

このままでは帰れないので、途中で夫に連絡し、急きょ車で来てもらった。夫が病院に着いた頃には美香の意識も戻り、普通に話ができるようになったので、大きな検査は家の近くの病院で受けることにして、その日のうちに帰ることになった。車の中で美香が、

「お父さんたちに食べてもらおうと思ってたのに、この時間だと作ったケーキを取りに行けないから、残念」

と、淋しそうにつぶやいた。料理教室に問い合わせたが、レッスン日に持ち帰れない場合は破棄する決まりですのでと、申し訳なさそうに言われた。そのことを話し、美香の気持ちはありがたくいただくから、また作ってと頼んだが、

「二度とあのケーキは作らない。今日のことを思い出してしまうから」

と悲しそうに答えた。

のちに病院でさまざまな検査をしたところ、『起立性調節障害』という病気であることがわかり、小児科の医師から病気について詳しく書かれている本を紹介してもらった。私と夫は何冊か本を読み、勉強し始めた。本人はかなり動揺していたが、その日を境に目眩、吐き気、頭痛、立ちくらみと闘うことになる。美香は、今まで何の苦もなくできた早起きもできなくなり、頑張ってもたまっていく

学校の課題をこなそうとしているうちに、とうとう精神的に参ってしまい、ついにはうつのような症状が出始め、担任に事情を説明して、課題やテストを止めてもらったが、今度は理瑚への怒りが出てしまった。今まで理瑚の言いなりになっていたこと、断ると泣いて暴れて部屋から出してくれなかったこと、そのせいで自分の時間がなくなったこと。お母さんに言っても「美香しかいないし、お母さんでは年齢が離れているから無理よ」と取り合ってくれなかったから、ずっとしんどかった。こうなったのも、理瑚とお母さんのせいだとまくしたてた。あんなに激しくきつい言葉で怒る美香は初めて見た。優しくてよく気がつく子だったのに、私の配慮がなかったのだと謝るしかなかった。しかもタイミングの悪いことに、いじめられたのが原因で学校に行けなくなった理瑚の苦しさにも気づけず、無理やり学校に連れて行っていた頃と重なっていた。後で美香から理瑚が学校でいじめられていることを聞き、当時の担任に問うと、知ってはいたが、理瑚がそこまで悩んでいることには気づけなかったという。何ということだろう。二人とも事情はそれぞれだが、学校がつらかったなんて。

私も小学校の時、いじめられたことがあった。もちろんつらかったが、いつかいじめっ子と離れる日が来ると思って耐えた。幸い中学校に行く時に引っ越しをしたため、新しい環境でスタートすることができた。自分をリセットできたので楽しく過ごせたし、体が弱かったのと、体がすごく固かったので、部活は体操部に入部し、体を鍛えられた。友達もできて、今も親友とはいい関係を築けている。

そういう風に、学校に一人でも友達がいると頑張れそうだと思っていたが、理瑚には難しいようだった。仕方なく休ませると、夫と喧嘩になる。いっそ私が消えてしまいたいと思うようになり、誰か代わってほしいと私が泣く日々だった。あの頃の私は、親としての無力さを痛感し、つらく孤独だった。どうしたらいいかわからず、途方にくれていた。

そんな時に、美香の学年の先生が私の様子を聞いて心を痛めてくださり、教育センターを紹介してくださった。本当にありがたかった。二か月後にセンターの先生とつながり、これまでにやってきたことや子供たちへの思いを話した。何とかしなければと必死になっていた私に、先生は静かに頷かれ、こう言われた。

「まずはお母さんが心を整えないと解決できません。すぐにはうまくいかないと思うので、長い目で見ましょう。お母さんの感じられるお子さんの姿、思うこと、疑問など遠慮なく仰って下さい。これまでお一人でいろいろ悩まれたでしょう。ご主人もありのままの子供さんを見ていただけると上手くいきそうですが、すぐには難しいでしょうから、まずはお母さんからです。お子さんたちが学校に行けないのを一番の問題としないで下さい。まずは怒ったり、反抗するお子さんのことを受け入れることが第一歩です」

目からウロコとはこのことである。子供たちが「お母さんがしんどいと私たちもしんどい」と怒っていたことを思い出した。なぜだろう。そういえば、子供たちの担任の先生は、子供たちの近況を聞き話し合いをするための『お母さん会』を作ってくださった。きっと私のガス抜きをして下さったのだ。前向きな助言もして下さり、感謝している。これからの子供たちとの接し方を考えてみよう。その時間がたっぷりある。

病室でそんなことを考え、思い出しながらノートに書いていると、廊下から楽しそうな声が聞こえてきた。優しそうな男性の声と笑い声だった。病室を出てまたお茶をくみに行くと、にこやかなおじいさんが看護師さんに会うたびに「いつもありがとう」と声をかけていた。看護師さんも嬉しいだろうな。看護師さんの笑顔にそんなことを思いつつ、ダジャレを言うその人に父の姿が重なった。

父のあしあと

私の父もここ十年程、よく入院をしている。検査入院や、手術を伴う入院までさまざまだが、原因はお酒である。

父の最初の入院は、私が就職して二年目の頃だった。家に電話がかかってきて、母が出ると、父が会議中に倒れたとのことだった。母は驚き考えこんでいる様子だった。祖母の食事の世話をしないといけないし、自分が出ていくとなると、ただ事ではないと祖母が感づくのを恐れたのだろう。夜勤明けだった私が行くことになり、また仕事かと怪しむ祖母を背に、夜に父のいる病院へ行った。夏の暑い日のことだった。一時入院ということで、八人ほどの大部屋にいると聞いていたので、父はどこだろうと探していると、声がしたので安心した。初めは二人部屋だったのだが、異常が見られなくなったということで大部屋に移動になったそうだ。暑がりの父には人が多い部屋は暑くてしんどいらしい。もともと父が泊まる予定で予約したホテルがあったのだが、一晩病院で過ごさなければならなくなったため、代わりに私はそのホテルに泊まることになった。父には申し訳ないが、慣れない夜勤明けの疲れがあったにもかかわらず、初めて一人でのホテル泊まりにワクワクしながら夜を過ごした。朝食はブッフェかと胸をはずませていたが、翌朝、父からの電話で起こされた。もうホテルのロビーにいるとのこと。先に帰ると言うがまた倒れたら大変なので、朝食も食べずに急いでチェックアウトをした。帰る途中で朝食にしたが、早速ビールを飲む父に、私は少し呆れていた。帰宅して母が怒ったのは言うまでもない。

父が退職する年に私が結婚することになり、父はある日、

「今こそ俺のやってきた百貨店での仕事が生かせる時だ。彼と一緒に仕事場に来なさい」

と言い、結婚するのに必要なものを売り場の人たちと話をしながら見繕ってもらった。「ご結婚おめでとうございます」と、いろいろな売り場で声を掛けていただいた。お礼を言うと、

「お父さんには今までとてもお世話になったから、少しでもの恩返しです」

と必ず言われた。父の明るく面倒見の良い人柄が見ることができた。父はあたり前のことをしたまでだと照れていたが、私はとても嬉しく誇らしかった。彼（今の夫）はあれこれ手伝ってくれる売り場の人たちの動きに驚いていて、今でも、

「お義父さんはすごかった。業績だけでは、あそこまではしてもらえない。お人

柄も良かったんだ。今でもそうだけど」

と感動しながら話してくれる。

退職後は体調も変わりなく、地区の方々と趣味の詩吟や一人旅を楽しんでいたが、子供たちが小学生になった頃から入院や手術が増え始めた。お酒をやめるようにと母が言うも、

「俺からお酒をとらないでくれ。墓場にも酒をまいてくれ」

と言っては母を怒らせていたようだ。

今の父は母の介護に追われ、月に一度、夫とお酒を飲みながら昔の仕事の話や孫のことを楽しそうに話をする。正直、飲酒は良くないと言われているが、楽しそうに飲む姿を見ると、今の生活は大変だろうし、残り少ない人生を好きなことをして過ごしてもいいのではないかと思う。

いつもダジャレを言ってみんなを笑わせている父は、自分のことより私の家族

のことを気遣ってくれる。私ががんになった時は、精神的にも金銭的にも助けてくれた。母の介護にお金が掛かることもあり、申し訳なかったが、本当にありがたかった。今、私も生かされていることに感謝しながら、両親が過ごしやすい方法をケアマネジャーの方々と相談していきたいと思っている。

最近は子供たちも自分のやりたいことが多く、実家に行く機会が少なくなり、父は孫と会えないのを残念がっていた。携帯電話会社から長年の使用に感謝してとタブレットを激安にしてもらったと嬉しそうにしていたが、使い方がわからないので、役に立つのかと店員に聞いたそうだ。通話アプリが使えるし、ビデオ通話もできると聞いて同じタブレットを購入してきた。すぐに、機械に詳しい知り合いの息子さんに教えてくれるよう、頼んだ。家が離れていても父とやりとりできるようにと操作を教えてもらったが、意味がわからず困っていると、理瑚が私に代わって操作方法を聞いてくれた。理瑚には天性の勘の良さがあるのか、手早く操作し、あっという間に通話が可能になった。初めてのビデオ通話に私は感動したが、父ものすごく喜んでいた。その父を見て、子供たちからも笑みがこぼれた。昔から父の携帯電話の画面は娘ではなく、孫の写真だった。スマートフォンに変更した時も、新しい孫の写真を送ってくれと頼まれた。子供たちに話すと、

「可愛いお祖父《じい》ちゃんやな。うーん、お祖父ちゃんには会いたいんだけど、お祖《ば》母《あ》ちゃんはちょっとね……。話は飛ぶし、すぐ約束忘れるし、すごく怒るから話をしにくい。昔はおもしろくて元気だったのに」

と、渋い顔をした。

母と私のあしあと

父のことを思い出しながらお茶を入れて病室に入ろうとすると、高齢のご婦人と看護師さんが言い合っていた。ご婦人は、

「私、まだごはん食べてないよ。なんで私だけないの。おかしいじゃない」

と言い、看護師さんはため息をついている。噛み合わないやり取りの中、別の看護師さんがやってきた。その看護師さんが、

「リハビリのお迎えに来ましたよ」

と言うと、さっきまでのことはなかったかのように、そのご婦人は笑顔で、迎

えに来た看護師さんと病棟を出て行った。残された看護師さんが苦笑いするのを見ながら、ふと母のことが頭をよぎった。

　私の母は認知症と診断されてから、もう三年になる。もともと、子供たちの夏休みなどの長期休暇しか会いに行けず、電話を時々していた。いつも元気な声の母が電話してこなくなったので不思議に思っていると、父から電話がかかってきた。

「かかりつけの医師から『娘さんを連れてきて下さい。お話があります』と言うから来てくれ。どうも認知症らしい」

　弱々しい父の声に、ただ事ではないと察した。当時小学生だった子供たちだけでは留守番をさせられなかったので、急いで二人を連れて実家に車を走らせた。病院へは父と行ったが、母はついて来ようとしなかった。それも不思議だったが、孫もいるから大丈夫だろうと考えた私が甘かった。医師からアルツハイマー型の

認知症だと告げられた。あの母がまさか、とショックを隠せないまま帰ると、

「なんであんたは家に来たんや。それに子供たちを残してお父さんとどこに行ってたんや」

と、今までにない怒った声で私を責めたてた。父が説明しても聞こえていないようだった。子供たちも母を怖がり、私を責める母に怒りすら感じたようだ。一方的に孫にまで怒る母に対し、私も何とも言えない怒りがこみ上げてきた。その日は大喧嘩になり、二度と来るなとまで言ってきた。母のありがたみもたくさん感じていたが失望し、同時に昔のしんどかった頃を思い出してしまった。

そう、昔から私は母親と折り合いが悪かった。母は娘のためと言いながら、本当の私のことを見てくれようとはしなかった。学校でつらい思いをしていても、強くなれと学校に行かせられた。中学校は母の職場に近い地域に引っ越し、仲間にも恵まれたが、

「いい高校に行きなさい。それがいい大学、いい会社に行ける近道なの。そのためには勉強をしっかりしなさい。いい成績をとってね。後でわかる。お母さんはあんたのために言うんやで」

と呪いのような言葉をテストのたびに言ってきて憂鬱になった。私には家での居場所がなかった。何よりも、ありのままの私を良しとしてくれなかったのが一番悲しかった。母は私を鼓舞したつもりのようだが、私には逆効果だった。そんな母に怒りを感じる一方で、このままでは自分が変になると危機感をもった私は、自分を見直すために仏教の大学へ行くと希望し、先生方を驚かせた。母は、

「お坊さんにするために育てたんやない」

と失望したが、気にせず指定校推せんで、京都の大学への合格を手にした。京都に憧れもあったし、できれば母からも離れたかったが、家の手伝いとして犬の散歩もしてほしかった母に大反対された。結局、仕送りができないということで、

家から通学することになった。京都の和菓子を見て、その細やかさに感動し、邦楽部に入ったので、和の音楽に癒やされた四年間だった。その経験が就職活動にも役に立ち、面接でも生かされ、福祉施設への就職が決まった。

就職をしてからも、母は何かと理由をつけては私が一人暮らしすることを反対していた。いとこは一人暮らしをしているのに。

ある日父は、母の反対について、

「女性だから一人暮らしが危ないのもあるだろうけど、お前が結婚するまでは離したくないんだろうな。それを言うのは弱音を吐くようでプライドが許さないんだろう。性格が少しきついのも許してやって」

と言った。祖母のこともあり、結局、一人暮らしはあきらめた。

祖母といえば、就職して四年がたち、介護福祉士の受験資格を得たある日のこと、いつも夕食を食べに来る祖母が来なかった。その日は日曜日で、母は生徒さんに刺繍を教えていた。連絡もないのでさすがに心配になり、父と二人で祖母の家に行くと、真っ暗な中で祖母はトイレで倒れていたのだ。慌てて声かけをしながら意識の確認をし、起こすのを手伝った。それを見て父は、上手だと感心してくれた。それを聞いた母はため息をついたので、どうせ、「そんなのできて当たり前や。普段やってることやし」とでも言うのだろうと思っていたが、意外な言葉が返ってきた。

「なんで勉強ができることにこだわってきたんだろう。勉強よりもっと大切なことがあったのに。お母さんが一人でお祖母《ばあ》ちゃんをみるのは無理やから、手伝ってくれるか」

そう言われ、いつになく気弱な母に驚きつつ、大切な祖母を守ろうと誓った。

その後、介護福祉士の試験を受けたのだが、その実技内容が体調不良の人に声

郵便はがき

料金受取人払郵便

新宿局承認

2524

差出有効期間
2025年3月
31日まで
（切手不要）

1 6 0-8 7 9 1

1 4 1

東京都新宿区新宿1－10－1

(株)文芸社

愛読者カード係 行

ふりがな お名前		明治 大正 昭和 平成 年生 歳		
ふりがな ご住所	□□□-□□□□		性別 男・女	
お電話 番 号	（書籍ご注文の際に必要です）	ご職業		
E-mail				
ご購読雑誌（複数可）		ご購読新聞 新聞		

最近読んでおもしろかった本や今後、とりあげてほしいテーマをお教えください。

ご自分の研究成果や経験、お考え等を出版してみたいというお気持ちはありますか。

ある　　ない　　内容・テーマ（　　　　）

現在完成した作品をお持ちですか。

ある　　ない　　ジャンル・原稿量（　　　　）

<table>
<tr><td>書　名</td><td colspan="5"></td></tr>
<tr><td rowspan="2">お買上
書　店</td><td rowspan="2">都道
府県</td><td rowspan="2">市区
郡</td><td>書店名</td><td colspan="2">書店</td></tr>
<tr><td>ご購入日</td><td colspan="2">年　月　日</td></tr>
</table>

本書をどこでお知りになりましたか?

1.書店店頭　2.知人にすすめられて　3.インターネット(サイト名　)

4.DMハガキ　5.広告、記事を見て(新聞、雑誌名　)

上の質問に関連して、ご購入の決め手となったのは?

1.タイトル　2.著者　3.内容　4.カバーデザイン　5.帯

その他ご自由にお書きください。

(　)

本書についてのご意見、ご感想をお聞かせください。

①内容について

②カバー、タイトル、帯について

弊社Webサイトからもご意見、ご感想をお寄せいただけます。

ご協力ありがとうございました。

※お寄せいただいたご意見、ご感想は新聞広告等で匿名にて使わせていただくことがあります。

※お客様の個人情報は、小社からの連絡のみに使用します。社外に提供することは一切ありません。

■書籍のご注文は、お近くの書店または、ブックサービス(0120-29-9625)、セブンネットショッピング(http://7net.omni7.jp/)にお申し込み下さい。

をかけながら起こすというものだった。祖母の時のことを思い出しながら、落ちついて臨むことができた。

しかし、私の結婚後も何度か倒れたので、もう一人暮らしはさせられず入院させたところ、認知症の症状が現れだした。一人で勝手に他の病室に行くので、夜中は母とおじさんたちが交代で見守りをしながら有料老人ホームを探し、入所することになった。初めの頃は母と私と子供たちで写真を撮り、「四世代やな」と笑っていたが、しばらく会えない日が続いていたある敬老の日に、サプライズで祖母が入居している施設へ、子供たちと花束を持って行った。少し不安そうにされていた職員と一緒に祖母がいる部屋に会いに行ったところ、衝撃的な言葉が返ってきた。

「あなた誰ですか？　和美（母）に子はいません。だってあの子は子供を産んでないから」

知らないうちに祖母の認知症は進んでおり、母もしばらく見舞っていなかったとのことだった。たしかに母は、再婚により私の母になったから血はつながっていないのだが、気にしたことはなかった。しかし、祖母の言葉にショックを受けたことで、私は母を実の母親のように想っていたんだと、改めて気づかされた。

施設から実家に戻り、このことを話すと母は、

「あんたはずっと、私のことを母と認めてくれていたんやな。私も連れ子なんて気にしてないつもりやったけど、実際は周りの言葉を気にしすぎてたんやね。でも、良かった。長年のつかえが取れたわ。あんたはお祖母《ばあ》ちゃんに言われてショックだと思うけど、私は嬉しい。今までいつも人と比べて悪かった。あんたにはいい所も一杯あったのに、調子に乗らせたらあかんと厳しくしすぎた。正直、結婚したら戻ってこないのではないかと不安だったけど、こうして時々帰ってきてくれる。勉強がよくできた姪っ子たちは遠くへ行って、あまり実家に帰ってこ

られないようだし。なぜいい大学、いい会社にこだわっていたのだろう。勉強ができたからといって、社会ではあまり役に立たへん。大事なのは優しさや。昔も今も変わらずにいてくれてありがとう」

今さら言われても私のつらかった記憶は忘れられない。が、今になって思い出すくらいなんだから、普段は忘れていたんだろう。それに、子供のいる今は、母の気持ちもわかる気がする。子供に幸せになってほしいと思うのは親として自然だと思う。

考えてみると、私は娘たちの長期休暇の時しかゆっくり実家に帰れなかったので、母の細かい変化は見えていなかったのかもしれない。人づき合いも良かったし、たまに冷蔵庫に卵が四十個あることを指摘しても、「人にあげる分だよ。細かいなぁ」と返事するくらいで、違和感はなかった。もう少し早く気づいていればと悔しさもあるが、過去は変えられない。母もいつか祖母のようになっていくのだろうか。
そんなことをつらつらと考えていた時、母が刺しゅうをしてくれた赤ちゃん用の布団を見つけた。私の子供が女の子とわかった時に、こっそりと布団を作ってくれたのだ。嬉しそうに見せてくれ、二人目も女の子だとわかった時は、一緒に服を選べるから買い物に行くのが楽しみやと言っていた。布団は長く使わせてもらった。「うちの孫が一番や」と嬉しそうに我が子を抱いてくれた母。

「お母さんは不器用やけど、美香や理瑚は器用そうやから刺しゅう教えるね。一緒にできるのが楽しみや」

と言いながら美香にティッシュケースの作り方を教えてたな。

認知症になった母は、昔の母には戻れない。でも、思い出を話すことはできる。嬉しかったことを思い出そう。こうして振り返ると、母もたくさんあしあとを残してくれている。

その時、私の中で長年の大きな胸のつかえが取れていくのを感じた。そしてありのままの母と向き合おうと決心した。認知症について、改めて勉強しないといけないし、相談できる所も探して、父の負担を少しでも軽くしよう。

この私の心がけで、母は私に対して、以前のように娘として接してくれるようになり、距離をとってはいるものの、子供たちも、

「お祖母《ばあ》ちゃんが突然怒るのは病気のせいで、治らないのなら仕方ないんやね」

と受け入れてくれた。

さて、母が認知症になったことで困ることの一つは車の運転である。車については、母の同級生で仲の良いおじさんからこんな話を聞いた。いつもの場所で母と待ち合わせをしていたのに、待ち合わせから二、三時間過ぎても来ず、電話してもつながらないということがあった。父と捜して見つけたそうだが、同じ道を

ぐるぐる回っていたとのこと。通常は十分あれば着くらしい。父も注意したが、「車に乗ってないくせに」と言われ、返す言葉がないと困っていた。ついには、孫たちを乗せて駅に向かう途中で後ろからぶつけられた時に、相手が悪いのにもかかわらず、「気にしなくていいから帰っていいよ」と話したらしい。車の修理をしようとしてくれた近くに住む知り合いのカフェの店員が驚き、念のためにと事故の相手の連絡先を教えてもらえたおかげで、その相手にも娘が頭を打ちかけたのは衝突のせいだと説明した。しかし相手がとぼけていたので「娘を病院へ連れて行きました。今、検査をしています。母が気にしないでと言おうが、あなたに責任があります」と言うと謝罪してきた。何よりも、事故の時はどんな事情があっても、相手の連絡先を聞き、警察に連絡しなければならないのに、それもできていなかったことに夫も私も呆然とした。夫の働きのおかげで夜になってからだったが、警察とつながり、実況見分をしてもらえた。しかし、雨の中だったたので、報告義務を怠ったことを母と事故を起こした相手の人は注意されていた。幸い、子供たちは異常なかったが、母はそうではなかった。

実況見分に行った際にかばんをなくしたのだが、その場所が実際とは異なっていたり、夫と私がプレッシャーをかけたとか、加害者は悪くないと言って、父との会話が全くかみ合わなくなっていた。私への怒りのせいもあって自らもパニックになっているようだった。一緒に電車に乗った時はかばんを持っており、なくしたのは相手の車に乗った時だとゆっくり話すと、母はやっと理解できたようだが、自分で話を作ることもあるので、いよいよ母の様子と父のことを考えないといけないと痛感した。私の手術も控えていたので、しばらく動けなくなった時のことも考え、父には地域包括センターの方を紹介し、連絡を入れて父と話ができるようにした。母はそのケアマネジャーを私の上司と思っており、娘の指導のお礼にと、家の花を渡したりしていたが、話に入ることはなく、ちらちらと見るだけだった。自分の状況を知りたくないのかもしれない。

車の運転については、母に、道に迷うことで事故を招いてしまうので、近所の人も私たちも心配だからやめてほしいと話した。ずっと自分で運転してきた母には酷だと思ったが、万が一他人を巻き込んでしまったりしたら、取り返しのつかないことになる。私の真剣な顔に、母は「娘が車に乗るなと言うの」と近所の人にまるで私が悪者のように言いふらしていたが、動じない私に根負けしたようだった。何も言わなくなったし、車に詳しい方の勧めもあり、車を売ることになった。あれほど車にこだわっていたのに潔さを感じたが、ふと母が呟いた。

「車に乗れたら誰のところにも簡単に行けるのに」

もともと母は世話好きで、困っている人がいたらすぐ助けに走って行った。長年刺しゅうがご縁で仲良くしていた親友に会いたいと思ったのだろう。もう亡くなっているのだが。

それは、珍しく母から電話がかかってきた日のこと。気持ちが強い母が涙声だった。何があったのか聞くと、

「大切な親友が亡くなった。いろいろ苦労していたので、娘さんが独立してこれからという時に、がんを患い、余命半年だったんよ。早く知っていれば、車で会いに行けたのに、たくさん行き来したかったのに悔しいわ。延命治療は受けないって決めていて、代わりに私の家の近くに家を借りられたら毎日会えるので探してもらえないかと頼まれて、家の近くのマンションが空いてたのを見つけて連絡しようとした時に、すごい頭痛と目眩がしてね」

母は病気一つしたことがなかったのでパニックになったその時、声を感じたそうだ。

「すぐに病院へ行き！」

そうしようと思ったと同時に、頭痛と目眩はおさまったが、翌日病院に行って

検査を受けたら、糖尿病と診断されたそうだ。他人のことになると懸命になる母を尊敬しているが、無理しすぎないかと心配もしていた。親友の命の灯《ともしび》がわずかなので必死で探していたのだろう。

自分も落ちつき、改めて親友に電話をしようとしたが、何度かけてもつながらないので、車で会いに行こうとした時、娘さんから電話がかかってきた。元気にしていたかと母が尋ねると、泣き出した娘さんに胸さわぎがしたそうだ。恐る恐る聞くと、

「母は突然容態が悪化し、三日前に亡くなりました。あなたに電話したのは、私は母から、人を愛することの大切さとともに、がんのような怖い病気にならないよう、体に気をつけるよう伝えてと言われました。長い間、母を守ってくれたあなただけに、お墓にご案内するので、手を合わせてくれませんか。母も喜ぶと思うので」

と話されたそうだ。しかも亡くなったのは、私の母が倒れた日だったとのこと。こんな偶然ってあるのだろうか。深くつながっていた母と親友の絆を感じた。

母の話を聞いて、私はこう話してみた。

「お母さんの今までの思いはちゃんと伝わっていると思う。娘さんもそれを知っておられたから、一番先に連絡をくれたんじゃないかな。お互いを思い合えるのって、すごく素敵な関係だよね。おばさまもお母さんの危機を感じたのかもしれない。守ってくれたのかも。昔、お店をされていた時、おばさまからドレッシングの作り方を教えてもらえてよかった。私の中で生き続けるよ」

母は安心したのか、

「どこに思いをぶつけてよいかわからず、イライラしていた。話してよかった。ありがとう」

と、スッキリした声になり、私も安心した。人はいつか死ぬ。その時に、誰かに何かを残せるようにしたいと考えさせられた。

しかし、思っていたよりも母の悲しみは大きかったようだ。母には友達が多いけれど、特別な人だったのだろう。親友の死から一年後には、母はすっかり変わっていた。「元気で明るいおばあちゃん」と子供たちに好かれていた母は、すぐに約束を忘れ、怒る人になっていた。父にあれこれ怒るけれど、すぐに父を捜す母。電話は顔が見えないからか嫌がるが、会うととても嬉しそうにする母。一番戸惑っているのは他でもない母なのだ。介護をしている父にはわからないことも多く、戸惑いといら立ちでうまくいかないことが多かったようだ。そこで、私が帰省して話を聞いたり、認知症について書かれた本を薦めてみたりした。認知症について学んでいくうちに父も現状を受け入れたようだが、長い道のりであるので、適度に休むように勧めている。また、夫と酒を汲み交わし、昔の話に花を咲かせている時が嬉しそうなので、こうした休息の場が必要だし、月一回会いに

行ってくれる夫には感謝している。また、夫からの本音や感想は参考になることも多い。子供たちにも夫は、

「お祖母《ばあ》ちゃんが忘れないうちに、そしてお祖父《じい》ちゃんが元気なうちに、君たちはたくさん顔を見せてあげて」

と話してくれている。今だから感謝もたくさんあるが……。

夫と私のあしあと

病棟の受付の近くで、若い男性が中に入れてくれと看護師さんに訴えている。奥さんが入院しているのだろうけど、今（二〇二一年）は新型コロナの対策で面

会ができないと看護師さんが説明していた。その男性は、荷物を渡して用件を伝えると、残念そうに帰っていった。そういえば夫も、麻酔が切れて目が覚めたのを見届けてから出ていったことを思い出した。

夫と出会ったのは、私の職場の先輩からの紹介だった。彼氏もいない私のことを心配して、先輩が出会いの場を作って下さったのだが、私は正直、あまり乗り気ではなかった。結婚というものに興味もなく、一人娘の私は、両親をみていくことが親行孝であり、宿命だと思っていたからだ。とはいえ、せっかくの先輩が作ってくれた機会だし、行くだけ行ってみようと思い、おしゃれな服もなかった私が服を買いに行ったのだ。流行りの服をそれなりに着こなしている私に、母は驚いていた。

ところが、方向オンチなくせに、私は事前に待ち合わせ場所を調べていなかったので道に迷ってしまった。少し遅れて約束した居酒屋に着いたのだが、そこで

「自分も迷った」と、話に入ってきた彼が今の夫だった。これは運命だろうと周囲は大騒ぎし、どうぞどうぞと席も向かい合わせになった。いろいろと話を聞く中で「この人となら合うかも」と感じ、後日先輩を通して連絡先を伝えてもらった。すぐに彼から連絡をもらっておつき合いが始まった。初デートは清水寺で、京都で仕事をしている彼の運転の上手さに驚いた。京都では運転が難しいことを経験していたからである。また、小さい頃から水泳をしていた彼はある日、水泳のマスターズ大会に連れて行ってくれた。彼が選手として泳いでいる姿にかっこ良さを感じた。私は水泳が大の苦手なので、魚のようにスイスイ泳ぐ姿にすっかり魅了されたのだ。人あたりの良さそうなところは父と重なり、私とは正反対に冷静なので、会うたびに魅かれていった。

順調に交際は進んだが、いざ結婚となった時、実家の近くに住むわけではないので、ふと母のことを考えた。しかし、一度は家を出ないといけないと感じていたし、彼となら大丈夫という自信もあって、両親に結婚を考えている人がいることを話した。

父はコンパのような出会いなんてどうなんだって感じだったが、彼の真面目さと、酒も飲めて話ができることで彼を気に入ってくれたようだ。彼が帰った後に、

「いい人じゃない。コンパ風も悪くないって部下に教えよう。うまくいきそうならすぐ言いなさい」

と言ってくれた。母は反対も賛成も言わず、少し淋しそうな表情を浮かべていた。そんな母の表情を見て、少し迷ったが、離れることで新しい関係ができると思ったのと、昔、「子供ができたら私の苦労がわかる」と言われ続けた言葉が引っかかっていたので、結婚の決意をした。彼と遠距離恋愛になるのも嫌だったというのも理由の一つだった。

彼の家にも挨拶に行くことになった。緊張していた私の目の前には、驚くほど

たくさんの手作りの料理が出てきた。男性が三人もいる家庭だから無理もないのだが、上品なお弁当も手作りと聞いて、お義母さんの気合いが感じられて嬉しかったのを覚えている。義理の間柄とはいえ、女の子と一緒にケーキを作り、女の子の靴があることが嬉しかったと、結婚後に話してくださった。

こうして出会って一年半後のクリスマスの時期に結婚式を挙げた。結婚式の時に流した音楽を聞き、ドイツのクリスマスの風景を見ては思い出す。二人の共通の話題だ。

夫と娘と私のあしあと

結婚してても仕事はしていたので、忙しいながらも、二人での生活は楽しかった。夫の仕事は土日も関係なく忙しかったが、二人が同じ場所で生活するのは心強かった。残念なことに一度流産したが、すぐに美香を身籠ることができた。家族が増えることを理由に車を買い換え、家を購入しようと住宅会社を見て回った一年半後には理瑚が宿った。こうして、私は二人の子宝に恵まれたのだ。

家族が増えてからは毎日ドタバタだった。夫は仕事があるので下の階で寝てもらい、二人の子と私は二階で寝ていた。美香の夜泣きがひどかったからで、育児書には一年くらいで夜泣きはおさまると書かれていたが、なんと三歳半まで続いた。食事も調理の仕方によって食べたり食べられなかったりしたので、偏食は良くないと母親たちに注意を受けることもあり、美香に対しての私のストレスは大きかった。救いだったのは、理瑚は何でも食べ、夜泣きも気にせず寝てくれたことだった。のちに美香に聞くと、

「玉ねぎが嫌いなんじゃなくて。玉ねぎサラダは食べにくいけど、肉じゃがの玉ねぎは好きみたいな。でも、お母さんたちが悲しそうにするから、わかってもらえないと感じて、食事がしんどかった」

と話してくれた。繊細な面に気づいてあげることができず、申し訳ない気持ちで一杯になった。小学校低学年までは、思ったようにならないとすぐに癇癪を起こしていた。そのたびに私が相手のお母さんに謝っていたが、三年生以降は担任の先生に恵まれたので、落ちついてきて、優しさも加わり、こだわりも少なく

なった。しかし、ほっとしたのもつかの間、今度は理瑚が学校でいじめられたのをきっかけに不登校になり、こだわりが強くなり、学校ではもちろん、家でも急に出かけるとかの変化があると、パニックを起こすようになった。休日は美香にとって、理瑚に時間を取られ、自分のこともできず、地獄だったようだ。いろんな気疲れが重なり、ついに過度のストレスとなり、起立性調節障害を発症したのだと私は感じ、教育センターの方も「美香さんは体に出るのですね」とおっしゃっていた。いろいろと苦労の多い二人はお互いを傷つける言葉を言い合い、毎日喧嘩が絶えなかった。その三年の間は特に手探りの日々で、多くの本を読んでは実践するが、二人の仲はなかなかいい方に向かわなかった。

追いうちをかけるように夫からは、

「仕事で疲れてるのに、家でも休めへんな。うちの子供たちはいろいろあるよな。何とかならないのか」

と、嫌味ともとれる呟きがあると、私の子育てが上手くできてないと責められているようで悲しかった。私のことを心配してくれるママ友は、仕事が気分転換になるのではと言ってくれたが、なかなか子供たちの状況によって自分の仕事を調整できる職場はなく、当時はあきらめるしかなかった。仕事をしていないけれど、日々忙しさと不安を抱えた私のストレスはピークになり、自分の無力さと虚しさが日々強くなってきた。車を壁などでこすったり、他の車にぶつけてしまうなど、なぜかこの時期はトラブルが重なった。

常に何かに追いつめられている感じがしていた。学校に。夫に。子供たちに。私の人生は謝ってばかりだ。一体何のために生きているのだろう。夫の機嫌が少しでも悪くならないように気を使う日々が続き、子供たちにも笑顔とおもしろい話を心がける日々だったが、私のテンションを上げる一方で、子供たちに、

「お母さんは幸せじゃないよね。私たちのせいだよね」

と言われても、大丈夫だよと言っていたが、子供は鋭いもので、

「お父さんのせいでもあるよね。私、お母さんみたいに苦労するなら、結婚したくない」

と言うまでになった。このままでは家が地獄になりそうでまずいと、子供たちが日々笑っていられるよう、自分が楽しめるよう心がけた。母の思いを感じたのか、子供たちは私といる時はそれなりに楽しんでいたが、夫が帰る音がすると、走って自分の部屋に戻るのであった。なぜなら、いつも帰ってくる夫は不機嫌だったからである。小さい頃は怖がっていたが、年頃になると、家に怒りを持って帰ってくるなといった感じだろうか。コロナ禍で在宅勤務となってからは、いよいよ子供に対する夫の見方は悪くなったようで、子供たちはそれを察知して部屋にこもるようになった。夫から見れば、自分は仕事を頑張っているのに、事情はあれど一体何をしているのだろう。帰ってきても逃げるように部屋に消えるし、

妻はそんな子供たちの態度に対して何も言わない。一体何なんだと。

そんな不自然な日々に終止符を打つ日が来た。ある昼間、仕事に行く前の夫が、子供のことで思いきり怒りをぶつけてきた。夫がここまで怒るのは我慢が限界に来たのだと思うが、私にもついに限界が来た。何もこの人はわかってくれないのだと失望のあまり、

「子供たちのありのままの姿が受け入れられないのなら、私もあなたに反発する」と言ってしまった。数少ない夫婦喧嘩の中で一番激しかった。後で夫は通話アプリで言いすぎたと謝ってきたが、ぶつけどころのない怒りとむなしさで疲れてしまい、私の心は凍ってしまったようだった。

私は努めて子供たちには明るく接した。彼女たちに罪は一切ないからである。家で喧嘩するのを見せることが申し訳なかった。

「お母さんが幸せになってくれないと悲しくなるのに、お父さんがお母さんを悪

く言うのは許さない」

と泣きながら訴えた。私はついに子供を育てることだけを考えようと決心した。もう夫に対する私の心も折れていた。夫には仕事だけ頑張ってもらおう。

そんな中で突然告げられたがん。しかも悪性で手術が必要だと。まず子供たちのことが心配だった。美香の専門医も見つかったばかりだし、理瑚のこともある。自分にもしものことがあったらどうしたらいいのか、どうやって二人に話そうか。やはり夫に報告しなければならない。

夫に話すとすぐ車で病院に迎えに来てくれ、無言で帰った。不安そうな子供たちのために私は平静を装っていたが、もう無理だった。私の心は壊れ、部屋に戻ると本棚の本を引き出しては壁に投げつけて泣きまくった。なぜ私が病気にならなければならないのか。私が何か悪いことをしたのか。これまで人に気を使ってきた果てが病気なのかと自分の人生を恨んだ。私の様子に子供たちは立ちすくみ、夫は無言だった。暴れた後は誰の顔も見ることができなかった。子供のことも母のことも考えなくてはいけないことはたくさんあるのに、夫に迷惑をかけると思うと、ただ生きていることが申し訳なく思うのだった。家の中で無口になっていく私に対して夫はポツリと一言、

「俺が追いつめてしまったんやな。こんな父親に子供が寄りつくわけないよな。申し訳ない」

と呟いた。今さらと思ったが、同時に私の中でつかえが取れたのを感じた。

私は夫を孤立させていたのではないか。難しいと思う面も夫のありのままの姿なのだから、受け入れてあげなければ。不登校についての本を読むと、夫婦の協力が不可欠だと書かれている。学校に行けなくなった娘にしてみればつらく苦しいことなのだが、もしかしたらこんな母としての私自身を見つめ直すために、娘たちが体を張って困った役を見せてくれているのではないかと思ってしまった。

子供を思うがゆえの喧嘩もあったが、一番の問題は、私が夫に気を使いすぎて、本音を言ったりできなかったからかもしれない。私の病気がそうしたいろんなことを浄化するきっかけとなったのだと思いたい。教育センターの方が言われたように、まず私から変わらなければならないのだ。

そう決意し、病気も含めて全てのことを受け入れることを心がけていくことにした。子供の見本は親なのだ。もう、おっちょこちょいでも不器用でもいい、ありのままの私で生きていこう。いろんな事情でつらさを感じている子供たちが私を通して何かを感じてくれたら幸いである。

思えば子供たちも夫の機嫌が悪くないか、常に様子を窺《うかが》っていた気がする。私が頑張ればうまく家が回ると思っていたのは私の間違いで、子供なりに母の負の波動のようなものを感じていたんだと思う。可哀想なことをしてしまった。今からでも遅くない。私の幸せとは何か、子供たちは私に何を望んでいるのか、考えてみよう。

こうして私の退院の日が来た。夫が病院に迎えに来てくれて、五日ぶりに外に出た。たった五日の入院だったのに、もっと長く入院していたような気がした。

会計の前で小さな子供が泣いている。その子供をあやしているお母さんは困っている様子だ。子供があの年齢の頃の私はどんな母親だったのかな。あの頃の新米お母さんに戻れたら、もう少し上手く育児ができたかなと反省の思いだ。

「子供たちもあんな頃があったたな。俺が何をしても泣いて『お母さんどこにいるの』しか言わなくて、どうしようもなくて無力さを感じたよ」

夫に、子供が泣くから腹を立てていたのではなく、悲しかったと言われたことが意外だった。泣く我が子をほっとくなんてと、私は呆れていたから。子供は絶対に悪くない。子供は親の背中を見て育つと言われるが、親の背中に見るだけのものを持てなかったのだろう。これからの私の課題は、子供たちに何を残せるか、だ。

車の中で夫が、

「今日は子供たちが頑張って早起きして帰りを待っているよ」

と、少し嬉しそうに話していたが、私はこれからの治療のことで頭が一杯になり、悪いことばかり考えてしまっていた。そんな私に夫は、家にいても精神的に参るから、好きなことをしていいよ、長い間子供のことや、いろいろと考えることが多かったと思うから、少しでも休んでと言った。その気持ちがとても嬉しかった。

家に戻ると、子供たちが照れくさそうに「お帰り」と言ってそばに来た。上の子を抱きしめたのは久しぶりだ。そして夫はこう言った。

「やっぱりお母さんがいないと落ちつかないな。ごはんも楽しみや」

今まであまり感情を言葉に出す人ではなかったので、私も子供たちも驚いた。少しずつだが、夫に対する子供たちの雰囲気も落ちついてきたように思う。やっぱり我が家が一番だ。

退院後の病理検査では異常も見られず、全摘出したので放射線治療も必要ないということで、ホルモン剤での治療が開始となった。十年間服用するのだが、服用していても再発の可能性はあること、副作用として、ホルモン剤の働き方で子宮がんになることもあるので、半年に一回は定期検診を受けることなど、いろいろと説明があった。更年期障害が少し早くなるかもしれないとも話されていたから、家族にも伝えておこう。

病院からの案内で下着のカウンセリングを受ける機会があった。補整下着なんて初めてだったので、緊張しながらお店に入ると、すごい数の下着が置かれていた。左胸はいつもタオルを折って入れていたのだが、右胸と高さを合わせるのが難しかった。夏は汗をかくのでしょっちゅう取り替えていた。それが一個のウレタン素材のパットでピッタリと合った。重さも右胸とバランスが合っていた。これには感動した。また、下着のホックも細かいので、痛みも感じず、つけ心地もよかった。そんな私に店員さんは、

「お店に売っている下着は合いにくいと仰るお客様は多いのですが、片方の胸がないと言うのはもっと難しいでしょう。オーダーでミリサイズで合わせて作るので、失敗はほとんどありません。しっくり合っているから、試着されてからのお客様のお顔が明るくなられましたね。残念ながら失ったものは戻ってきません。だから、今できることを見つけ、工夫していくことが大切だと思うのです。何もできないわけではないのです。私自身も乳がんになったことで、自分と同じように女性が前を向いていけるお手伝いをしたいと、この世界に転職しました。ＱＯ

L（Quality《クオリティ》 of《オブ》 life《ライフ》：生活の質）はとても大切。心労でふさぎこまないようにね」
と話しながらも続けてサイズを合わせて下さり、新たに下着が完成した。

こうして親身になって術後を見てもらうと、何だかふっ切れた気がした。見かけは少し悪くなったが、大切な命と引きかえに胸がなくなったのだと思えば、胸の傷も勲章のように思える。ただ、子供たちが傷を見るのを怖がるのと、温泉に行くと人がジロジロ見るので、仕方なく手で隠してはいるが、私自身は気にしてはいない。不便はあるけれど、不幸ではない。胸が小さいことがコンプレックスだったが、胸の重さの差が少ないので体のバランスが悪くないと言われた。何よりも初期で発見してもらえたのが幸運だった。

術後に気づいたこと

薬を服用しているため副作用はあるものの、少しずつ慣れた頃、子供たちが何かあった時のための費用の手助けになればと、仕事をしたいと夫に話すと、子供たちにもお母さんが外で働くのを見てもらうのにいい機会だと賛成してくれ、子供たちも喜んでくれた。

仕事を探し始めてすぐの頃、郵便受けに介護職員募集のチラシが入っていた。仕事内容、タイミング、ともにベストだと感じ、すぐに連絡を入れると、その日のうちに面接の運びとなった。美香には朝一番に血圧を上げる薬を飲ませないといけないが、就業時間を確認するとその時間は空いているのがありがたかった。また、管理者の方のお人柄にも惹《ひ》かれた。私の体調も理解してくださり、即採用していただけた。昔の介護現場での経験とともに、母の介護の経験も生かせている。人が相手なので慣れは禁物だが、楽しく充実している。現場のスタッフの方々も優しく、利用者の方々もイキイキしているので、業務にも早く慣れることができた。私が働きだしたことで、時々子供たちが料理をしてくれるようになり、少しずつ腕も上がってきている。私が喜ぶと、子供たちもとても嬉しそうだ。自分たちの役割ができて、家の仕事の戦力として生かされつつあることが、やりがいとなっているようだ。夫も、

「家事と仕事の両立と治療は大変だろうけど、君が仕事に行ってから、子供たちも頼りになりつつあるし、いい方向に回り始めている気がする。もう少し早く働けたらよかったのかとも思うが、その時はできなかったかもしれない。今だから

良かったのかも」

と話している。

子供たちが学校に行けるようになれたら一番いいけれど、適応しづらい現状を親が受け入れ、いろいろな方々に協力してもらい、親も学び、子供たちにも考えてもらうことが大切だと思う。同時に、生活に必要なことも元気なうちに教えていきたい。まだまだ課題はあるし、模索中だが、教育センターの方や美香の同級生のお母さんが立ち上げた不登校の親の会の存在も心強い。うまく対処できず学校に行けないことを理解しようとして下さる先生方もおられ、がんで入院、手術をした中でも元気を出せたのは、こうした先生方のおかげである。

ふと、リビングにある観葉植物のパキラを見たら、葉っぱが増えていた。一昨年までは枯れても葉が出てこなかったのに、今年は他の、葉もきれいな色になっている気がする。観葉植物は悪い気を吸い取って部屋の空気をきれいにしてくれるらしいので、少しずつ家庭の雰囲気が良くなっているのかもしれない。「子供は親の背を見て育つ」と言われる。私が自分の人生を楽しみ、学んでいく姿勢が、子供たちにも自分のこと、将来のことを考えていくきっかけになるのだと思う。親が必死すぎると、人生は苦しいだけのものなんだと思ってしまうだろう。楽しいことばかりではもちろんないが、乗りこえていくモデルがあれば、子供たちも考えられる。

私は子供たちからたくさんのことを教えられたが、私は子供たちに何かできているのだろうか。教育センターの方は、

「お母さまが今までお子さんたちのためにセンターにいらして、あれこれと力を尽くされていることは必ず伝わっています。伝わっているからこそ、感謝はあれども苦しんでいます。いろいろ考えてしまうからです。今までもこれからも、この相談なり学校での関わり方は、お母さまがされてきたあしあととして、どこか

で生かされると思います」

と言って下さった。難しい状況の子供たちを受け入れられる親として、神様から選ばれたんだと思って二人の子供を見ていこうと、夫と話している。

下着カウンセリングの店員に言われた言葉を思い出す。

「今あるもの、今できることを見つけ、生かしていって下さい。病気になったことはつらくても、同じように悩む人がいれば共感し、手を差し伸べられます。経験者は説得力があるから強いし、つらい経験を乗りこえた人は優しくなれます」

そういえば、私自身も経験者の話を聞いて安心したり、心構えができたりしたものだ。まだまだ治療は続くが、私が生かされている今を感謝して自分のこれからの人生にあしあとを残していきたい。

私はこれからも治療の中で、家族に迷惑をかけることがあるかもしれない。病気と向き合う母とそれを支える父、こんな夫婦のあり方を子供たちに見せることはできる。子供たちも今は苦しいかもしれないが、自分たちが経験していることは立派なあしあとになるのだ。

振り返れば、多くの人たちとの出会いがあった。そして多くの素敵な人たちに囲まれている。本当にありがたい。それが自分の人生を輝かせている。こう思えたのも、病気を通してたくさんの振り返りができたからだ。まだ問題はいくつかあるが、自分の見方が変われば風景が変わる、全てのことは自分に通じている。

家族に感謝。
たくさんの出会いに感謝。
私の人生に感謝。
そして、たくさんのあしあとに感謝。

あとがき

この原稿を書き終えた時、私の身に起こったさまざまなことや、その時感じた思いは、何ひとつとして無駄ではなかったと感じ、多くのことを教えてくれた出来事は、私の心の中で宝物なのだと思え、スッキリした気分になった。少しは胸を張って子供たちに伝えていけるし、これからの自分の生き方を考えるきっかけにもなった。これからは今できることと向き合い、生きている日々に感謝し、良いことも、難しいことも大切にしていこうと思う。

これまでの状況が大きく変わったわけではないが、私が物事の見方を変えようとすることで、子供たちや夫の中に穏やかな空気を感じられるようになった気がする。

夫も子供たちのありのままの姿をうけとめてくれるようになり、家族みんなが同じ方向を向いているのを感じる。親子の会話も増え、子供たちとの距離も近づいてきた気がする。

もしも今、大変な思いや、問題を抱えている方がいたら、ご自身を責めず、たとえそれが些細なことだと思えたとしても、前を向いて取り組んでいる自分自身をほめて、私のように病気になる前に、自分に優しくしてあげてほしい。

料理教室のレッスン中に倒れた長女の美香は体調が良くならず、自律神経を整える治療のため、三週間ほど入院した。中学生の子どもの患者は親との面会を許されず、しかも初めの三日間は相当電波状況が悪かったのかスマートフォンの通話アプリも通じずで、美香は淋しかったと思う。その後、通話アプリが使えるようになったのでたくさん話をし、カーテン越しからさまざまな症状の患者さんの様子を見て、自分を見直すことができたからか、退院後は少しずつだが、自分で生活面の工夫もしているようだ。表情も明るくなった。

次女の理瑚は、人が多い状況になると緊張しすぎて声や体が動かなくなったり、急な変更にうまく対応できないことが検査でわかり、学校に事情を話し、理解を求めながら、本人も少しずつ前を向こうとしている。

母は、ケアマネジャーが探してくれたケア施設全てから入居を断られた。途方にくれていた時、長いつき合いのあった病院が引き受けてくれ、同じ認知症の方々と楽しく話をしていたそうだが、肺炎をおこしてから状態が悪く寝たきりになり、一時昏睡状態になった。しかし、看護師さんたちの細やかな看護のおかげで、反応はないものの懸命に生きている（今は、予約が必要だが十分間ほどビデオでのみ面会できるそうだ）。母の主治医は、父の介護がいかに母の支えになっていたかを話された。人はいつどうなるかわからない。元気だった母の今の姿も、今を大切に生きろと教えられている気がする。父は体調が悪くなり始め、入院することになったが、長く元気でいてもらいたい。

新聞で文芸社主催のエッセイコンテスト『人生十人十色』を見つけ、この原稿を応募した。残念ながら受賞にはならなかったが、せっかく書いたから、そっとしまっておこうか……と思っていた折、企画担当の方が私の原稿を目に留め、本の制作に携わる人々の思いを丁寧に教えて下さり、書籍化の後押しをしてくれ私の世界を広げてくれることになった。

原稿を書くのを勧めた子供たちは「あきらめてたのにチャンスが来たね」と大喜びし、夫は驚きつつも、背中を押してくれた。

六十二枚の四百字詰め原稿用紙に手書きした私の経験を、『たくさんのあしあと』という書籍として生まれさせて下さった文芸社の方、応援してくれた家族、

あとがき

これまで出会えた人々、この本を手に取って読んで下さった皆様に心より感謝いたします。

著者プロフィール
まるまる
鳥取県生まれ、大阪府在住
介護福祉士、介護支援専門員
現在、グループホーム職員

たくさんのあしあと

2023年8月15日　初版第1刷発行

著　者　まるまる
発行者　瓜谷 綱延
発行所　株式会社文芸社
〒160-0022　東京都新宿区新宿1－10－1
電話　03-5369-3060（代表）
03-5369-2299（販売）

印刷所　神谷印刷株式会社

ISBN978-4-286-24406-8